민트맛 사탕

민트맛 사탕

김소희 글·그림

길벗어린이

목차

1장
ID 민트쵸코
집에 가기 두려운 한솔
12

2장

ID 곰젤리

혼자 사는 열여섯 최희전

62

3장

ID 블랙캣

어른도 아이도 아닌 나

104

아버지의 고함 소리도
어머니의 울음소리도
지구에 남겨져 멀어져 갔고

나는 무중력의 가벼움을 느끼며
수많은 행성을 지나 끝없이 부유했다.

한참 우주를 떠돌다
여기…
현실의 지구로 돌아와
일어나 보면,

남아 있는 건
손등으로 흘러내리는
눈물뿐이었다.

10 민트초코

집에 가기 두려운 한솔

쳇!

나도 얼른 사탕 모아서 특수 템 사고 싶다.

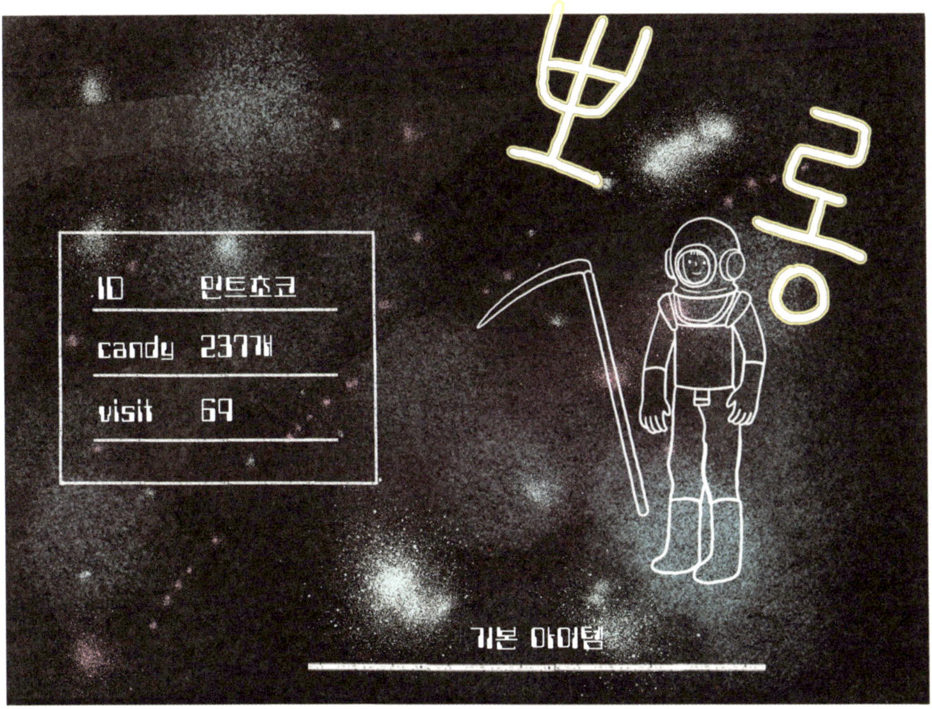

팟

척

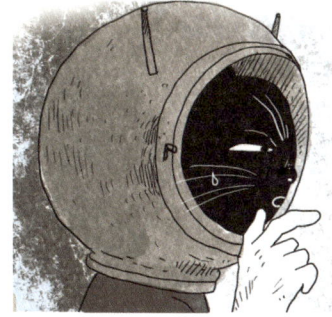

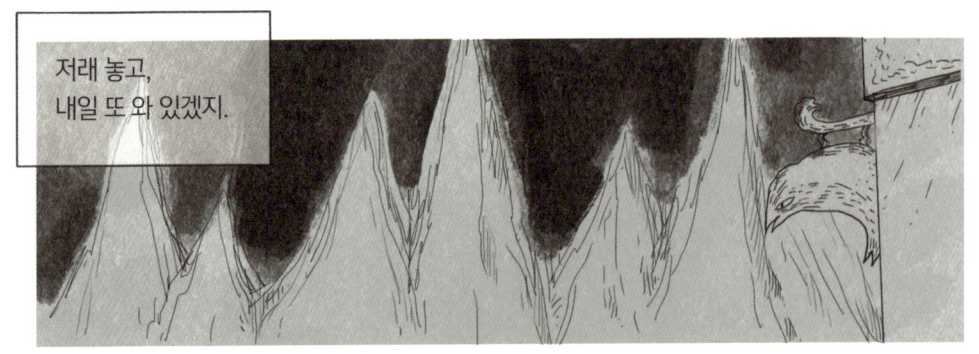

딩동—

몇 시쯤 된 거지?

딩동—

잡상인인가?
그냥 가겠지.

희진이는 나에게 아무것도 묻지 않고 돌아갔다.

"여기도 못 올 정도면 정말 많이 아프셨군요."

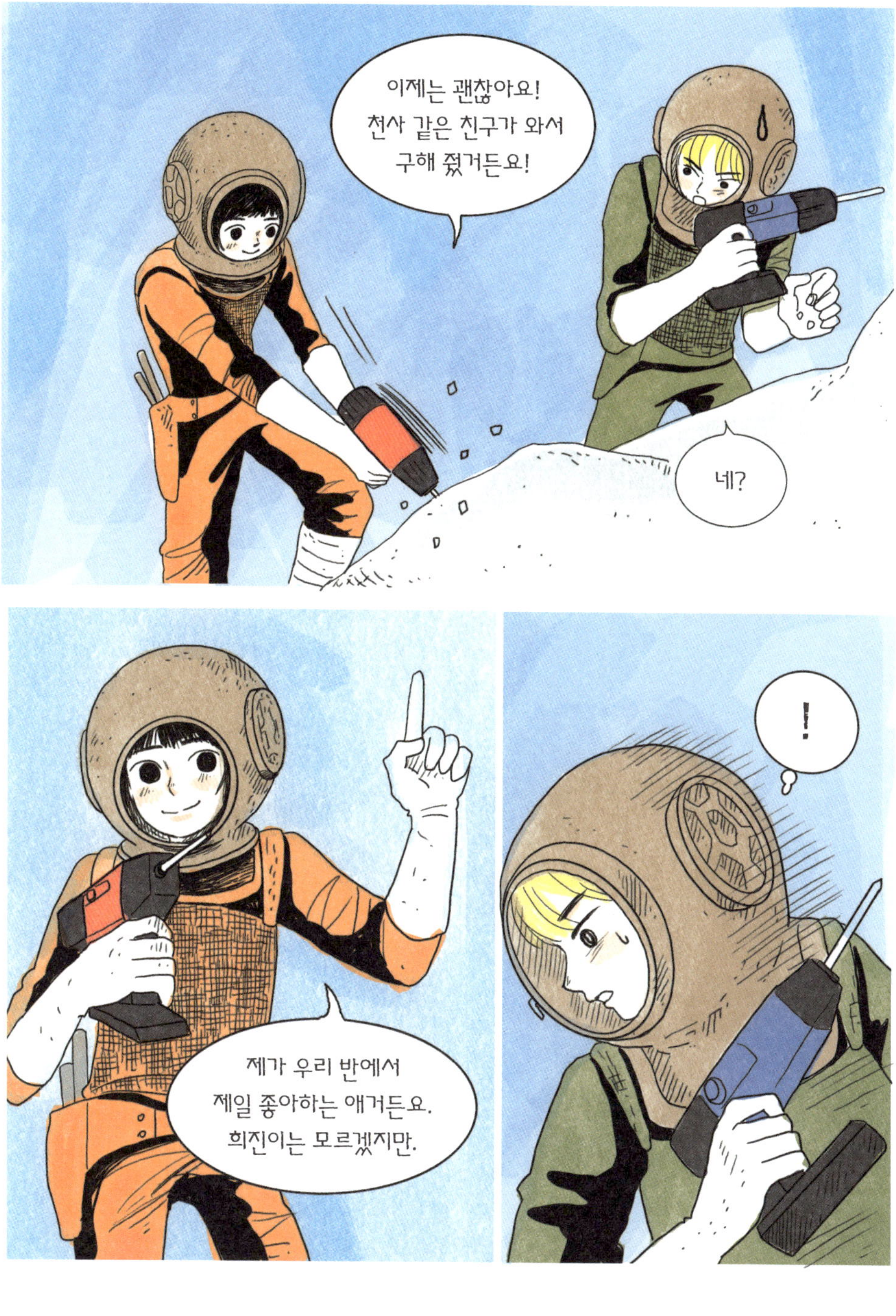
이제는 괜찮아요!
천사 같은 친구가 와서
구해 줬거든요!
네?
제가 우리 반에서
제일 좋아하는 애거든요.
희진이는 모르겠지만.
!

10 곰젤리

혼자 사는 열여섯 최희전

곰젤리 님…

님한테라도
말하지
못했다면

저는 너무 외로웠을 거예요.

다음 주부터
특목고 지망생들은
상담 들어간다.

언제부터 이렇게 나빠졌지?

게임할 때는 몰랐는데….

다녀왔습니다.

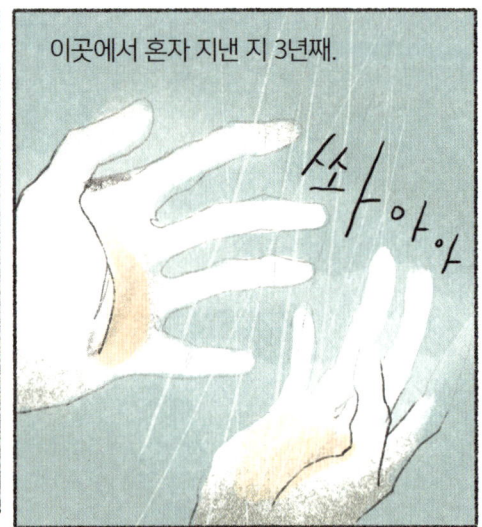

이곳에서 혼자 지낸 지 3년째.

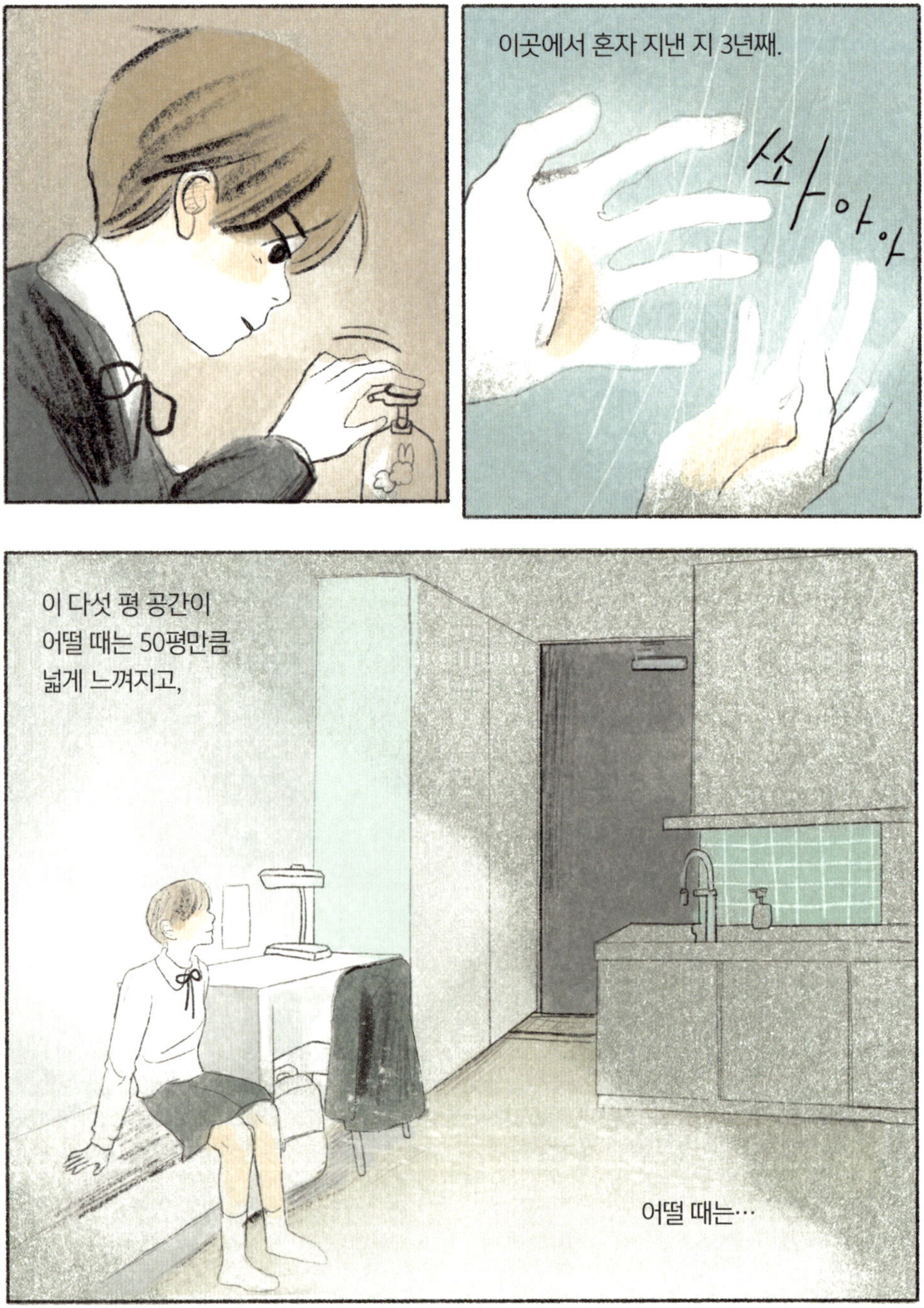

쏴아아

이 다섯 평 공간이 어떨 때는 50평만큼 넓게 느껴지고,

어떨 때는…

관에 갇힌 것처럼
느끼기도 한다.

여기 온 지
얼마 안 돼서

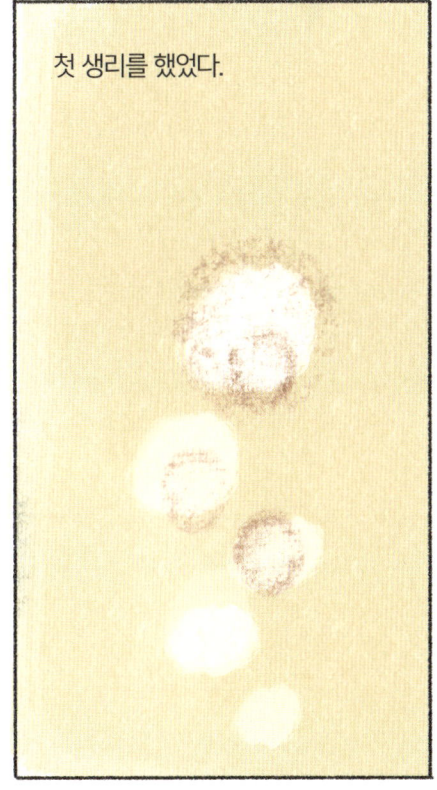

첫 생리를 했었다.

"희진아, 이제 네가 알아서 좀 하면 안 돼?"

"네가 바라는 대로 방까지 얻어 줬잖아."

"엄마 아빠, 끊어."

"내 말은 들어 보지도 않고…."

배 아픈 게 느껴지지 않는다.

마음이 아픈 게 생리통도 이기나 보다.

내가 바라던 게 여기서 혼자 있는 거였나?

아니면 거기서 함께 있는 거였나?

상의할 필요도 없겠지.

찾았다!

엄마가 라식 전에 쓰던 안경.

안경을 쓰니까 엄마랑 닮은 것 같아.

잠깐 좋았다가 모두를 쓸쓸하게 만들잖아.

"단순한 시스템이라 인기 없을 줄 알았는데 유저가 많이 늘었어요."

두 두두두

"우주라고 하기엔 애매하고 디자인도 구린 데다"

"그냥 막 사탕만 캐는 게임인데 말이에요."

"단순한 게 오히려 현실을 잊기엔 편하니까요."

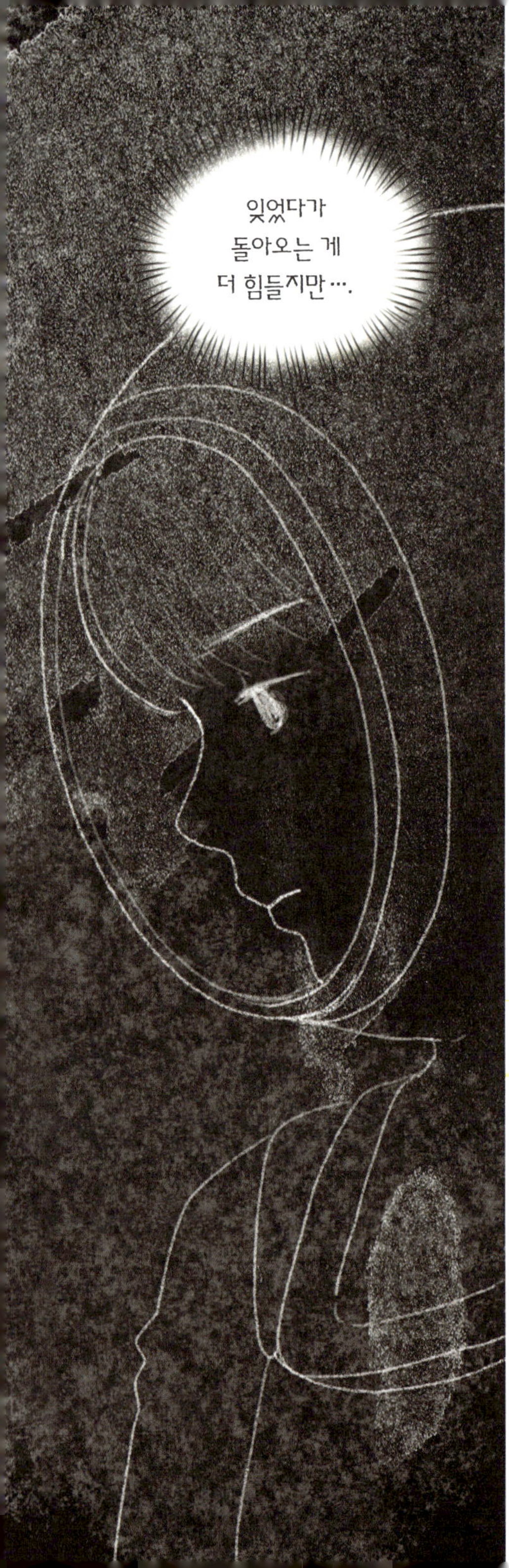

잊었다가
돌아오는 게
더 힘들지만….

엄마 눈이
이렇게 나빴었구나.
전혀 몰랐네.

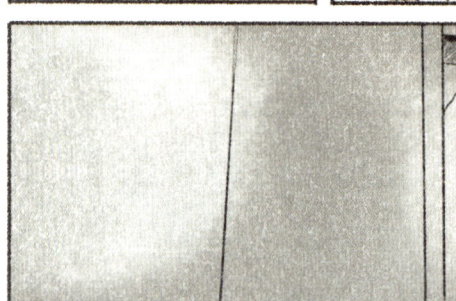

미진이를 데려가며
나를 살짝 밀지 않았다면…,

무뚝뚝한 아버지의 표정이
달라지는 것을 보지 않았다면…,

내가 걱정된다든가
그런 말은 하지 않아…?

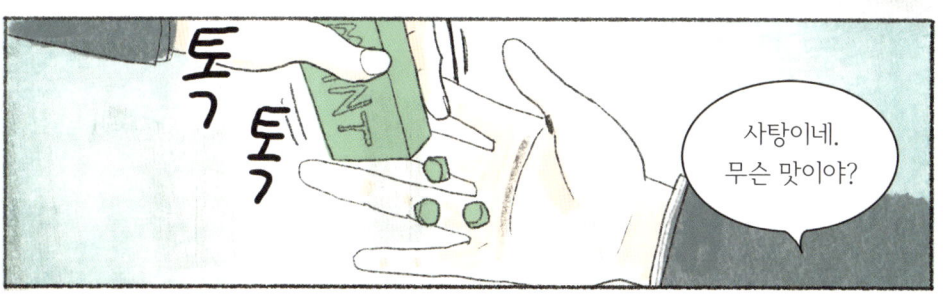

시원하다.

하아

숨이 쉬어져.

10 블랙캣

어른도 아이도 아닌 나

우리가 캔디 스타에서
꽤 오래 놀았던 날,

웬일인지
늘 들어오던 블랙캣 님이
로그인하지 않았다.

무슨 소리냐?

이제 와서
학교를
그만두겠다고?

어찌어찌
겨우 형들을 쫓아가 볼까 해서
선생님이 되었지만…

전혀
즐겁지 않았다.

뭘 어떻게 해야 될지 몰라서

겨울 방학 동안 게임을 만들었다.

처음엔 손 가는 대로 만들었다.

혼자 우주에서 놀면서

좋아하는 것들을 잔뜩 넣었다.

손목을 그었던 미영이는 결국 학교를 그만두었다.

"전 못 버티고 가지만, 선생님은 잘 버텨 보세요. 답답할 땐 이걸 드시고요."

그 애가 주고 간 민트 사탕을 입에 넣고 숨을 쉬면 시원했다.

이런 산소 같은 사탕을
필요한 사람들에게 주고 싶다.

그럼…

이런 모습도

그런 표정도

…사라지려나.

또 다른 내 모습들한테
'숨'을 건넬 수 있으려나.

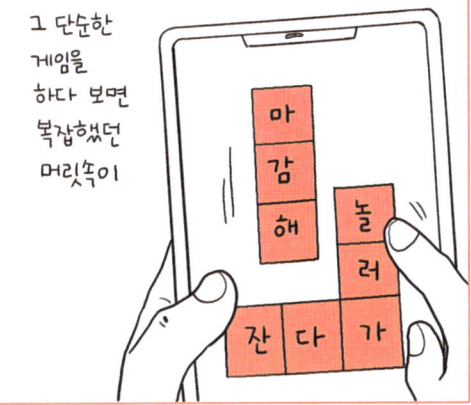

평소에 속이 답답하거나 힘들 때면
민트 사탕을 즐겨 먹는다.
입안에서 사탕이 녹을 때면
마치 산소 같은 맛이 나는 것 같거든.

_ 김소희

• 북트레일러
 영상 보기!

(사탕의 맛)

민트맛 사탕 김소희 글·그림

1판 1쇄 펴낸날 2022년 4월 10일
1판 2쇄 펴낸날 2022년 11월 22일
펴낸이 이충호
펴낸곳 길벗어린이㈜
등록번호 제10-1227호
등록일자 1995년 11월 6일
주소 04000 서울시 마포구 월드컵북로 45 에스디타워비엔씨 2F
대표전화 02-6353-3700
팩스 02-6353-3702
홈페이지 www.gilbutkid.co.kr
편집 송지현 임하나 황설경 김지원
디자인 김연수 송윤정
마케팅 호종민 신윤아 김서연 이가윤 전예은 강경선
경영지원본부 이현성 최유리 임희영 김혜윤
ISBN 978-89-5582-626-5 74810, 978-89-5582-621-0 (세트)

ⓒ 김소희, 2022
이 책은 저작권법에 따라 보호받는 저작물이므로, 저작권자와 길벗어린이㈜의 허락 없이는 이 책의 내용을 쓸 수 없습니다.